당신을 이렇게 부르렵니다

당신을 이렇게 부르렵니다

초판 1쇄 인쇄　2012년 09월 18일

초판 1쇄 발행　2012년 09월 28일

지은이　　고연

펴낸이　　손 형 국

펴낸곳　　(주)북랩

출판등록　　2004. 12. 1(제2012-000051호)

주소　　153-786 서울시 금천구 가산디지털 1로 168,

　　　　우림라이온스밸리 B동 B113, B114호

홈페이지　　www.book.co.kr

전화번호　　(02)2026-5777

팩스　　(02)2026-5747

ISBN 978-89-969495-4-1 03810

Essayistic Poetry

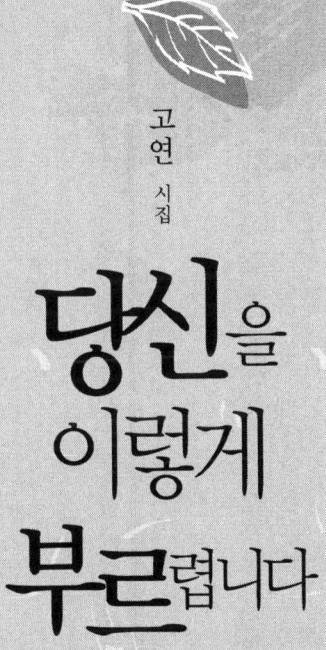

고연 시집

당신을
이렇게
부르렵니다

booklab

당신의 수다쟁이

저 사람, 내가 사랑할 사람이 되겠구나.
저 여자, 내가 아파할 사람이 되겠구나.
당신의 처음은 그랬습니다.

보이지 않지만 느낄 수 있었던 사람
만날 수 없지만 붙들고 있었던 사람
당신의 의미는 그랬습니다.

이렇게 한권의 책으로 이야기를 쏟고 나면
맘이 좀 시원할 줄 알았는데
이렇게 시간이 흘렀다는 고백을 하고 나면
속이 텅 비게 될 줄 알았는데

당신에게는
아직도 할 말이 쌓여 갑니다.
여전히 할 말이 모여 듭니다.

당신에게 난 수다쟁이입니다.

가고파의 바다에서 **고 연**

Contents

Woman in Blind Date 소개팅 보고서

Love in Love 당신을 이렇게 부르렵니다

둥지 떠난 새
제 집 찾듯
이리도 포근한 저녁에
엄마 손 마주 잡고
아빠 마중 나간 아이처럼
마음은
발길은
보고픈 이를 향해
서성입니다.

Family in Home
꼬마인형 같은 소녀

꼬마인형 같은 소녀

아주 작은 애기였답니다.

내게 비친 첫 모습 속에서

그 소녀는 목도 제대로 가누지 못하는 애기였답니다.

너무 작은 눈동자,

너무 귀여운 볼살,

너무 가는 손가락,

너무 앙증맞은 입,

어떻게

그 조그만 인형이 숨을 쉬고 옹알거릴 수가 있는지.

시간 속에서 그 애기도 소녀가 되어 갑니다.

전화를 하면 밝은 목소리로 아는 체를 합니다.

넓은 운동장을 좁은 듯 뜀박질하고 다닙니다.

안아달라며 내게 양팔을 내밀며 안겨듭니다.

가끔씩은 애교로 나를 꼼짝 못하게도 합니다.

하지만,

아직은 그래도 엄마를 찾고 아빠를 부릅니다.

그 품에서 가장 행복해하고 즐거워합니다.

세상엔 위험한 일이 많은데

혼자서 이겨내야 할 짐도 많은데

시간의 흐름 속에 꼬마 소녀도 자신의 길을 찾겠지만

긴 여정의 마지막까지 하나의 믿음이 따랐으면 합니다.

언제나 그 소녀를 따스한 시선으로 지켜보는 사람들이

항상 함께 한다는 그런 믿음 하나 있었으면 합니다.

그래서

눈물어린 볼을 부비며 훌쩍거리는 일은 없었으면 합니다.

언제나 환한 미소와 까르르 거리는 웃음이 넘쳐 났으면 합니다.

그런 모습의 그 소녀를 오랫동안 지켜보았으면 합니다.

아기의 선물

신비를 품은 아기가 있습니다.

동그랗고 새까만 두 눈동자로

조그맣게 오물거리는 작은 입술로

호기심 가득한 가느다란 손가락으로

한껏 두 팔 벌려 엄마를 부르는 몸짓으로

그렇게 신비로운 세상을 만나는 아기가 있습니다.

휴식이 되는 아기가 있습니다.

뜨거운 한여름의 시원한 나무그늘처럼

피곤한 퇴근길에 맛있게 차려진 만찬처럼

힘겨운 일상의 반복에 위로가 되는 음악처럼

그렇게 해맑은 휴식이 되어주는 아기가 있습니다.

행복을 닮은 아기가 있습니다.

미소를 지어 착한 빛을 모이게 하고

웃음으로 어둠을 멀리멀리 몰아내고

그렇게 환한 행복을 만드는 아기가 있습니다.

비밀이 많은 아기가 있습니다.

내일 보여줄 모습들을 아무도 모르도록

그렇게 비밀처럼 감추어 두는 아기가 있습니다.

사랑을 받는 아기가 있습니다.

그보다 많은 의미를 주는 아기가 있습니다.

천사의 아름다운 동화를 들려주는 아기, 민서가 있습니다.

어머니를 위한 옮김

당신과 짧은 통화를 했습니다.
언제나 당신은 저에 대한 안부로 통화를 마칩니다.
보고픔과 따스함 속에 당신을 생각하면
짧은 저의 대답은 밝게 당신을 비출까요?

저와의 통화로 눈물이 났다는 당신의 사연을
아버님의 전화로 알게 됩니다.
저의 그리움도 당신처럼 흐릅니다.

그러나
여기와 그곳의 거리감이
스스로의 탯줄 끊음과 비슷함을 압니다.
다시 한 번 당신을 멀리함으로
새롭게 당신 품의 오랜 기억을 알게 됩니다.

기도

가는 수돗물이 떨어지는 싱크대 앞에서
방금 가족들과 함께 식사를 하며 사용한
식기와 수저들을 깨끗이 씻고 있습니다.
그리고 과일을 씻어 후식을 준비합니다.
여느 날처럼 평범하고 고즈넉한 풍경이지만
그 일상의 그림 속에는 한 사람이 빠져 있습니다.
요 며칠 나는 그 사람의 일을 대신하고 있습니다.
빨리 자신의 자리로 돌아와 주시길 바라며
슬픔도 절망도 느끼지 않으려 애쓰면서
그렇게 하루하루를 희망하며 삽니다.
그렇게 매일을 기도하며 살아갑니다.

그날은 차가운 11월의 첫 주말이었고,
그저 그렇게 지나치는 일상이었습니다.
운동 삼아 자전거로 창원대로를 달렸고
집에 돌아와 간단히 저녁을 먹게 될 줄
그렇게 시간이 흘러갈 줄 알았습니다.

하지만, 부재중 전화를 확인하고 나서
당신이 갑자기 쓰러져 의식을 잃은 채
병원 응급실에 있다는 사실을 알았고,
급하게 달려간 그곳에서 이미 당신이
응급수술을 해야 할 상태임을 알았죠.

곧 당신은 머리를 전부 깎인 채 수술실로 향했고,
오후 8시 30분, 그 종합병원의 수술실에는
지금 당신이 수술중이라는 자막이 떴습니다.
언제 끝날지
당신이 어떻게 될지 모르는
그런 수술이 시작되었습니다.
지금껏 가족이란 이름으로 살아오며
당신은 큰 병 한번 앓은 적이 없었고
항상 건강에 관심을 갖고 그렇게 살아왔지만
결국 당신에게도 조금의 방심이 있었나 봅니다.
그러나, 지금은 아니라는 생각이 들었습니다.
아직은 당신이 이렇게 쓰러질 때가 아니라고.
당신께 못해 드린 것이 너무나 많기에
당신께 갚아야 할 빚이 너무 많기에
당신과의 시간이 더 필요합니다.

나는 아직도 멀었습니다.

그런 생각뿐이었습니다.

그렇게 기원했습니다.

오전 1시 30분… 수술이 끝나

당신은 곧 중환자실로 옮겨졌고

주치의가 수술에 대해 설명했습니다.

[뇌동맥류 - 자발성 뇌 지주막하 출혈]

뇌출혈로 뇌가 많이 부어있는 상태라

뇌가 숨을 쉬도록 머리뼈를 잘라 내었고

뇌의 붓기가 빠지면 괴사가 진행될 텐데

치매나 언어장애, 반신불수 등이 올 수 있고

합병증도 일단은 대비를 해 두어야 한다는 것과

수술은 치료의 끝이 아닌 시작이라는 것이었습니다.

중환자 보호자 대기실에 아버님만 계시고

나는 홀로 어둠이 내린 집으로 들어 왔습니다.

불을 켤 힘도 없이 그 자리에 주저앉아 버렸습니다.

그러자 간간히 내비치던 눈물이 통곡과 함께 터졌습니다.

아무도 없는 집에서 당신의 모습을 생각하며
내 무의식이 쏟아내는 울음을 느꼈습니다.
한참을 울어도 가슴에 돌이 얹힌 듯한
먹먹함은 나를 떠날 줄 몰랐습니다.

그 이후 난 며칠 동안 잠을 제대로 이룰 수 없었습니다.
몇 년 전, 할머니께서 돌아가시기 전 꾸었던 그 꿈을
혹시나 꾸게 될 것 같아 그렇게 당신을 놓칠 것 같아
조심조심 긴 밤을 보내야만 했었습니다.

입원 12일째인 지난 수요일,
뇌의 붓기가 빠지지 않아서
당신은 재수술을 해야만 했지요.
머리뼈를 조금 더 떼어내야만 했기에
수술 후 당신의 몸과 얼굴은 부어 있었지만
잘 견뎌준 당신이 참으로 고마웠고, 감사했습니다.
하루 두 번, 각 10분씩 허락되는 면회시간동안
물수건으로 눈가에 붙은 눈꼽을 떼어주며
이렇게 당신께 도움이 될 수 있음을
이렇게 당신께 해 줄 일이 있음을
진심으로 다행이라 여깁니다.

당신이 섰던 부엌에 서서

당신의 일을 내가 맡아하며

당신이 가꾸던 텃밭에 서서

당신의 일을 내가 대신하면서

당신이 느꼈던 힘듦과 수고와 노력이

당신 자신이 아닌 가족을 위한 것임을 느낍니다.

당신은 뒤에 서고 가족을 앞세운 맘을 느낍니다.

당신은 여린 사람이었지만 강했었음을 느낍니다.

운명은 올 겨울에 당신의 빈자리를 만들려고 하나 봅니다.

하지만, 나의 마음에도 우리 가족 모두의 맘에도 당신은

이전처럼 언제나 꽉 차게 그렇게 자리 잡고 있습니다.

앞으로 더욱 깔끔하고 깨끗하게 다듬어질 것이기에

조금은 낯설어 당신이 어리둥절할지는 몰라도

그 자리는 당신을 향한 온기가 가득합니다.

언제나 그 자리는 바로 당신의 것입니다.

너무 늦지 않게 당신이 다시 돌아오길

그 하나만 간절하게 기도합니다.

당신을 여전히 기다립니다.

나의 어.머.니.

모나리자

그 병원의 10층은 신경외과 환자들의 병동입니다.
그리고 그 10층의 1003호 4인실에는
내가 아는 모나리자가 있습니다.

머리카락은 아주 짧게 깎여 있고
두 군데 커다란 수술자국이 있는
그런 예쁜 모나리자가 있습니다.

하루 종일 침대에 누워만 있고
바로 앉는 것조차 힘들어 하는
가냘픈 모나리자가 있습니다.

가끔씩 얼굴을 찡그리는 표정을 지을 뿐
미소도, 슬픔도, 외로움도 표현하지 못하는
말 한마디 없는 모나리자가 있습니다.

간절한 내 기도를 아는지 모르는지
고분고분 내 말을 듣기만 하는
도도한 모나리자가 있습니다.

오늘도 나는 모나리자를 만나러 갑니다.
이번엔 어떤 모습의 모나리자일지 궁금해 하며
애타는 맘이 모나리자를 만나러 갑니다.

무수한
낙엽 밟음이
쓸고 간 자리마다
엷게 흩어지는 가을 흔적.

떠나버린 지난 시간은
이렇게 퇴색한 빛으로
날개 접고
오는데.

Past in Mirror
나에게 전하는 말

나에게 전하는 말

그래, 잘 지내고 있을 거라고 생각했었어.
비록 건너서 듣게 된 짧은 소식이지만
그래, 잘 지내고 있을 거라고 짐작했었어.

맞아, 그렇게 그 사람은 자기 자리를 지키고 있었어.
내가 멀리서 걱정하지 않아도 그리워하지 않아도
맞아, 그렇게 그 사람은 자기 삶을 살아가고 있었어.

그러니까, 이제 그만 마음에서 놓아 주라고.
바람이 부는 언덕에서 쥐고 있던 연줄 같은 인연을
아무도 없는 동산에서 피고 지는 들꽃 같은 인연을
그러니까, 이제 그만 기억에서 지워 주라고.

맘에 두지도 말고 추억에 새기지도 말고

아무 일 없었던 꿈처럼 그냥 담담해지라고.

오랜만의 소식에 생각이 뒤엉켜 허둥대지 말고

슬픈 노래는 이제 그만…

제발 정신을 차리라고.

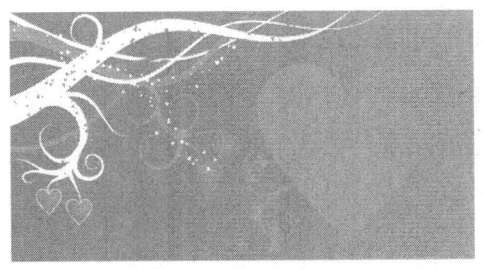

악어

뭍에 오르지 말걸.
강물 속에 머물러 있었다면
우둘투둘한 밉상의 가죽도
커다란 아가리의 드센 이빨도
짧은 네다리로 뒤뚱거리는 모습도
들키지 않았을 텐데.

맞아, 몽땅 틀렸어.
내가 가지고 싶었던 날개도
내가 도달하고 싶었던 산봉우리도
물이 필요한 나의 것이 아니었지.

그저
강물 속에 몸을 담그고 있다가
힘센 물소의 모가지를 물어
기름진 살코기로 허기진 배를 채우고,

24시간의 도돌이표 속에

현재의 습관으로 어제와 내일을 이어가는

그런 평범한 삶이 예정되어 있을 뿐.

어디에도 누구에게도

기대할 필요 없는 나의 로망.

그래,

내 눈물... 아무도 믿지 않겠지.

마지막 도시

다시 도시를 떠난다.
오래도록 준비한 인사말은
마주친 강바람에 날려 보내고
침묵으로 작별의 손짓을 보내며
공룡처럼 움직이는 도시의 지하를 떠난다.

내가 남기려 했던 오늘의 흔적은
오래 전에 고정되어
누구의 관심도 없이
시멘트 덩어리 속에 박혀 버렸다.

화려함 속에 시간을 잊은

현란함 속에 시름을 감춘

낯선 사람들이 바삐 오가고

그들과 같은 풍경을 흉내 내던

그런 도시의 지하를 혼자서 떠난다.

다시 도시를 떠난다.

맑은 눈물 한 방울 없이

한숨 섞인 미련 한줌 없이

내일이면 다시 찾을 도시를 떠난다.

여행

고무공처럼 눌려있던 일상이
튕겨져 나간다.
다시 돌아올 원점을 그대로 둔 채
새로운 옷으로 갈아입고
새로운 공기를 맞이하고
새로운 빛깔에 젖어간다.

인연이 아닌 사람은 잊자던
추억이 아닌 시간은 잊자던
그래서
일상 속에 묻혔던 옛사랑은
아침 안개처럼
먼 산의 하얀 눈처럼
푸르게 돋고, 아련하다.

그렇게… 그런 모습으로…

여행은 내가 감추어둔 한 사람을

생각나게 한다.

사랑을 잠그다

감정을 잃어버린다는 건
마음이 참 가벼워지는 일이다.
비에, 눈물에, 그리움에 젖을 필요도 없고
두근거리던 가슴이 아파할 일도 없으니.

하지만
다음번 기회의 삶에서는
다음번에 주어질 인생에서는
사랑도, 연애도, 그 사람도
모두 하나였으면 좋겠다.

스스로 그에게 복종하게 만드는
그런 사람을 또 만나면 좋겠다.

비의 노래

비오는 창가에
많은 사람들이 오간다.
그 모습들 하나하나가
퍽이나 낯이 익다.

누군가 싶어 들여다보면
그 사람,
그 한사람의 모습들.

비… 노래처럼 흐르고.
비… 기억처럼 흐리고.

당신도

영화배우 故 이은주님의 명복을 빕니다.

당신도 그렇게 가버리시는군요.

짧은 삶을

스스로 결정하고

힘든 짐을

스스로 짊어진 채

아무에게도 마지막 숨결을 보이지 않고

그렇게 가시는군요.

당신의 모습 속에서

첫 사랑의 옛 향기를 느꼈던 시간이 있었습니다.

당신의 대사 속에서

잊지 못하는 그 사람을 떠올리던 순간이 있었습니다.

당신의 슬픔 속에서

떠나간 사람을 숨죽여 그리워하던 추억이 있었습니다.

아픈 기억들 전부 다 지금의 나에게 되돌려 놓고,

이루지 못했던 사랑처럼

이별 뒤에 바라보던 식어버린 찻잔처럼

힘든 헤어짐을 선택하게 했던 그 사람처럼

당신도 그렇게 가버리시는군요.

정박

누가 묻거든
그냥 긴 여정이었다고 하라.
그동안 무얼 보고 왔냐고 묻거든
나를 스쳐 간 바다가 아름다웠다고만 하라.

신기루처럼 나를 비켜 가버린 사랑의 흔적도
방향을 알 수 없어 휘몰아치던 어리석은 격정의 파도도
허전함으로 아려오던 표류 속의 그리움, 외로움, 쓸쓸함도
누가 묻거든
이젠 모두 잊었다 하라.

지금의 나를 지탱하는 것은
시간의 바다 속에 깊이 내려놓은 마음의 닻.

다시 순풍이 불어 돛을 올릴 때까지
나를 철저히 혼자가 되게 하라.

난 이제 아닌데

첫 눈.
아직도 다른 지방의 눈 소식이
나의 시선을 창가에 머물게 하는
설렘을 가져다준다.

지금은 없는 사랑의 눈 마주침.
나의 기억을 그때에 머물게 하는
그리움을 데리고 온다.

난 이제 그런 사람 모르는데,
난 이제 지나간 추억을 잊을 수 있는데,
난 이제 모든 것 지웠다고 큰소리칠 수 있는데,

난 이제 아닌데,
난 이제 첫눈을 알려주어야 할 전화번호가 없는데,
난 이제 첫 눈 마주침만큼의 부끄러움이 필요 없는데,

이제 내겐 소용없는 겨울을
언제나처럼 기다린다.

나에게

내가 말했었지.
네가 견딜 수 없는 고통이라면
네 것이 아니라고.

내가 전에 말했었잖아.
네가 감당할 수 없는 아픔이라면
네가 가질 수 없는 것 때문이라고.

그래서 내가 당부했던 거야.
아직은 아무 결론도 내리지 말라고.

건방진 충고

추억을 맘에 가진 여자, 매력 없잖아.
추억을 맘에 품은 남자, 매력 없잖아.

하지만 그렇게라도 남고 싶은 여자, 있잖아.
그러나 그렇게라도 기억하는 남자, 있잖아.

사랑이 현실이 되지 못하거든 그냥 지나쳐.
사랑이 결실을 맺지 못한대도 이제 충분해.

추억은 또 다른 추억을 원하고,
사랑은 또 다른 사랑을 더한다.

끈

그것이

내 것이 아닌걸 알면서도 갖고 싶은 게

사람 욕심인 게야.

정성을 다 했다 하나

맘대로 안 되는 게

빌어먹을 인생인 게야.

지랄 같은 세상이라 욕하고

녹슨 말굽 같은 팔자라고 술을 퍼도

바뀌지 않는 건 바뀌지 않는 게야.

숨어살든지 숨은 듯이 살든지

그래야지, 어쩌겠어.

생겨먹은 게 이 모양인데.

갖지 않는 만큼, 품지 못한 만큼

버리고 비워야지.

백년도 못 사는 삶에 천년의 근심을 담는 게

끈 떨어진 삶에 무슨 자랑이겠어?

썩어 문드러진 몸뚱이 하나 남길 때까지

그렇게 쉬엄쉬엄 가야지.

천천히 쉬며 가야지.

Adios

차가운 하늘이 흐리고
떠드는 웃음이 먼 이곳,
한 사내가 웅크리고 있다.

익숙한 그 사내의 뒷모습이
토악질을 하는지 흔들거린다.
가서 등이라도 두드려 줘야 하나?

그런 생각을 하다 그냥 허전한 웃음이 난다.
누군가 힘든 내 어깨를 두드려 준 게 언제였더라?
늘어진 어깨를 토닥이며 힘내라던 게 누구였더라?

만나는 사람이 많을수록 내 영역을 보호하기 위해
바쁜 시간이 스치며 지날수록 날 지키기 위하여
강하다고 스스로 생각할수록 난 작아지고 있다.

그래서 머뭇거리며 누르지 못했던

자꾸 바라만 보던 그 종료버튼을

이제 그만 꾸욱- 눌러야겠다.

adios... my original sin, love.

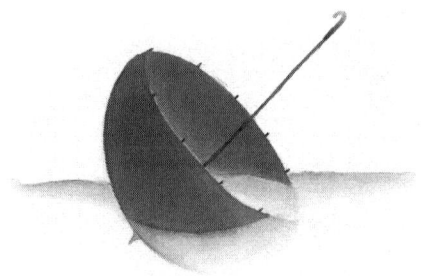

겨울 산책

산이 내게 묻는다.

내가 머무르던 곳이 어디냐고.

나는 손을 들어 가리킨다.

그곳은 저기 어디쯤이라고.

그러다 문득

이 넓은 세상을 그동안

잊고 있었다는 생각을 한다.

길이 내게 묻는다.

내가 가고자 하는 곳이 어디냐고.

나는 눈길을 주며 가리킨다.

그곳은 내 앞에 놓여 있다고.

그러다 문득

이 길의 방향이 제대로

맞게 가고 있는지 궁금해진다.

꿈이 내게 묻는다.

오랜만인 자기를 알아보겠냐고.

나는 반갑게 인사를 한다.

낯설게 마주하는 꿈을 껴안으며.

그러다 문득

내 꿈의 자화상이 너무도

많이 달라져 있음을 느낀다.

나는 산길을 내려오며 꿈을 묻는다.

이제 다시는 잃어버리지 않기 위해

두 번 다시는 잊어버리지 않기 위해

빛바랜 사진처럼 잊혀져 있던 꿈을

차가운 겨울산 깊이 묻고 내려왔다.

그랬구나
정병산 정상에서

내려다보면 하나의 점으로 표시되는 곳에
내가 있었구나.

내 삶이 부대끼고 있었고
내 생활이 숨 쉬고 있었고
내 생각이 오가고 있었구나.

내려다보면 하나의 점처럼 움직이는 사람들 속에
내가 있었구나.

내 시간이 흐르고 있었고
내 사랑이 엇갈리고 있었고
내 행복이 이뤄지고 있었구나.

내려다보면 하나의 점인 그런 세상에 내가 있었구나.

내려다보면 하나의 점인 그런 인생을 내가 만들고 있었구나.

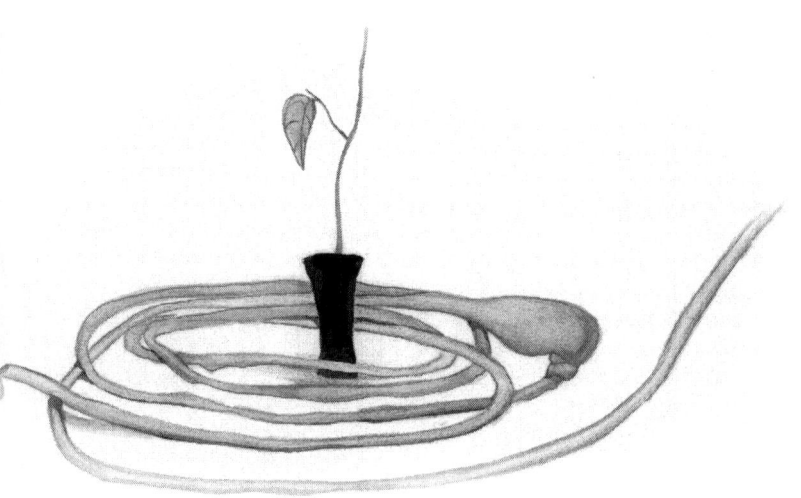

어때?

이제 그만 내 맘에서 보내야지.
아무리 내게 절실한 마음이었어도
아무래도 잊을 수 없으면 맘에 묻은 채
어떻게 하든 지우려고 노력은 해 봐야지.

시간에만 맡기지 말고 시도는 해 봐야지.
시작부터 힘들었던 시간도 달콤했잖아.
새로운 상대가 없으면 마음을 비워 둬.
삶의 일부 속에 사랑이 있으니까.

인생을 사랑 해야지.
자신을 사랑 해야지.
이별도 사랑 해야지.

어때?

내 가슴이 시킨 일

가슴이 시킨 일 때문에
맘이 설레기도 하고
맘이 상하기도 하고
온몸이 신열 같은 열기에 휩싸이기도 했다.

내 가슴이 시킨 일 때문에
그리움을 배웠고,
그리움을 삭이는 법을 구했고,
그리움을 묻어두는 시간도 늘었다.

버리지 못한 어리석음이란 걸 알지만
그저
가슴이 시킨 일이라고 해야지.
그냥
내 가슴이 시킨 일이라고 변명해야지.

거짓 기도

간절히

무릎을 꿇고

기원어린 마음을 보이다가도

지나치는 이웃의 가난함에는

자신의 불편함만 헤아리는 우리입니다.

어리석고 불쌍한 자이기에

모든 세상에 베풀며 살겠다고 다짐하면서도

진정 어린 사랑은

神만이 이루는 것이라며

꼭꼭 덮어두고 마는

그런 우리입니다.

두 손 모으고 드리던 기도를

어지러운 행동과

가까운 사람에 대한 등 돌림으로 가리는

반쪽뿐인 우리입니다.

그러나 어이합니까…

한순간이나마 당신 찾음으로

구원받기 원하는

이 기도를.

혼자서… 비

비.

봄비?

겨울비?

헷갈리네.

젖어가는 맘.

술 한 잔 어떨까?

옛 추억은 어떨까?

앞으로 전진만 하라.

뒤돌아보지 말고 가라.

지금 나에게 지워진 멍에.

걷지도 못하고 있는 게으름?

아예 염두에 두지 않는 무관심?

시간은 점점 빠르게 제 길을 가고

비를 맞는 여긴 지구의 어디쯤인가?

생각 하나

사랑을 이어가게 하는 힘은 어디서 시작된 걸까?

당신의 얼굴에서?

당신의 환한 미소에서?

당신과 알고 지낸 시간에서?

당신과 보냈던 즐거운 추억에서?

사랑을 계속하게 하는 힘은 어디서 오는 걸까?

당신을 그리는 별에서?

당신을 보고 싶은 맘에서?

당신 때문에 설레는 가슴에서?

당신 때문에 만들어진 의미에서?

사랑을 살아있게 하는 힘은 지치지도 않고, 저 혼자 춤을 춘다.

생각 하나 II

널 생각하면 참…
가만히 웃음나기도 하고,
생각이 많아지기도 하고,
술잔이 떠오르기도 하고,
그렇게 되네.

아직도 설레임을 갖는 건
어쩌면 오래 떨어져 있던
시간의 여백이 가져다 준
기다림의 선물이 아닐지.

지금 이후의 우리는
또 어떻게 변해 있을까?
가을이 주는 단풍의 색처럼
아무렇게 울긋불긋 하더라도

단풍을 만든 숲의 울창함은

그대로 갖춘

그런 향기 나는

나무였으면 좋겠어.

네가, 그리고 내가…

넋두리

목을 죄어 오는 것은
악한 자의 손끝이 아니었다.

젖은 머릿결 사이에
박혀있던 빗물이
방울로 흐를 때
시끄러운 도시는
내 숨통을
꽉
막아버리는 걸.

등을 떠밀어
오르지 못할 곳으로
내동댕이칠 것 같은
두려움은
언제나 목을 죄어 온다.

밤을 흐르게 하던 고독과
지친 새벽이 점점 멀어지는 데도…

골목길

언제나 찾아드는 집 향한 좁은 길인데
저 노을 별 되어 오는 어느 저녁에
뒤따르는 발자국 소리 하나 있었습니다.
누군가 싶어 돌아보면
구르는 마른 잎 달려와
발걸음에 안겨듭니다.

작은 물방울 같은 우리네 삶 중에서
누군가를 만나고 싶었습니다.
서로에게 우리가 되지 못하는 사람들
그들 속에 끼이지 않는 누군가를
이 골목길에서 만나고 싶었습니다.

무쇠탈

가리고 추는 고독.

정말로 어두웠던 시절을 뒤로 하고
웅어리처럼 잠들던 영혼들이
춤사위에 꿈틀꿈틀.

손에서 미끄러지는 굉음.
내비치는 사내들의 억센 탈춤.
가벼운 깃털만큼 이리 기울 저리 기울.
기운 도포자락의 얼룩은 찢어진 행색.
하나뿐인 표정 속에 감추는 세상.
배꼽도 안다고 한껏 웃음.

짚신 발자국 끈끈하게 내닫고 도는
어슬렁아 어슬렁아.

자화상

기억이 멀다, 눈물을 흘리던 때가.
슬프던, 그래서 온 몸이 전율하던
그런 추억.

희미한 잿빛 하늘을 향해
별빛으로 떠오르는 지난날의 상념이
기다란 그늘 속에
떠오르는 밤.

나 자신으로 되돌아온
나 자신과의 눈 마주침.
항상 되돌아오는 또 다른 나와의
오랜만의 지친 만남.

흔들리는 시간을 위한
몇 장 글씨들의 위로.

아직
하루의 석양에 익숙하지 못하여
고독에 길들여져 가는
젊은 날.

Woman in Blind Date

소개팅 보고서

소개팅 보고서

잘 지내니?

갑자기 날씨가 다시 추워지네.

사는 게 어때?

문득 이런 인사를 건네고 싶어.

네가 없어서? 글쎄?

얼마 전에 어떤 여자를 만났어.

처음 갖게 된 술자리였었고.

자리에 앉으며 외투를 벗는데

안에 분홍색 니트를 입었더라고.

가운데에 흰색 하트가 촌스럽게 그려져 있었어.

순간… 좀 우스웠어.

이상하지?

그런 면이 그 사람의 매력인가 봐.

우습긴 한데 그 여자가 좋게 보이더라고.

내 마음이 한번 끌려보면 어떨까?

오늘은 비가 내린 도시를 달렸어.

비가 내려 공기가 맑게 씻긴 도시를 달렸어.

널 볼 수 있을지도 모른다고 생각했거든.

하지만, 널 볼 수는 없었어.

아직 한 번도 만난 적이 없는 너.

내 가슴을 평생 동안 뛰게 해 줄 너.

내 운명의 수레바퀴를 움직여 줄 너.

그런 너를 만날 시간이 아직은 아니었어.

네가 있는 거긴 어디니?

보고 싶다.

넌, 안 그러니?

흐린 영화

가끔은
영화를 보며 눈물을 흘릴 때가 있다.
가끔은
영화를 보며 과거를 기억할 때가 있다.

나도 저렇게 행복한 시간이 있었다고.
나도 저렇게 소중한 사람이 있었다고.
나도 저렇게 달콤한 기억이 있었다고.

가끔은
영화를 보며 웃음을 지을 때가 있다.
가끔은
영화를 보며 여운을 가질 때가 있다.

나도 저렇게 행복한 시간이 생길 수 있을까?
나도 저렇게 소중한 사람을 만날 수 있을까?
나도 저렇게 달콤한 기억을 만들 수 있을까?

가끔은
아주 가끔은
영화를 보며 꿈을 꾼다.

그 사람이 있다

그곳에는 그 사람이 있다.
그곳에만 그 사람이 있다.
그림처럼 정지해 있는 그 사람은
그곳에서만 볼 수 있다.

그림자 같은 외로움을 안고
그리움을 찾아가는 시간이면
그늘 드리운 마음이나 그믐밤 같은 생각의 가지를
그루터기처럼 쉬어가게 하는 미소의 그 사람이 있다.

그물에 걸린 생선처럼
그 사람을 알고픈 마음이
그곳을 향해 펄떡이고 있다.

강아지 같아

무슨 말을 하고 싶은 건데?

무슨 맘을 전하고 싶은 건데?

그렇게 뚫어져라 내 눈만 쳐다보면…

그렇게 사랑스런 눈길만 내게 던지면…

어떤 말을 건네고 싶은 건데?

어떤 맘을 보이고 싶은 건데?

죽을 때까지 비밀로 할 테니까…

무덤 속까지 가지고 갈 테니까…

이제 고백해.

제발, 요 녀석아.

젠장

하루라도 덜 보면
마음속에 자라는 돌덩어리가 조금은
가벼워질 줄 알았지.
근데, 그 자리를 그리움이 대신하는 건
뭔데?

한번이라도 덜 만나면
마음속에 맺힌 고백의 무게가 조금은
가벼워질 줄 알았지.
근데, 더욱 할 말이 늘어가는 건
뭔데?

젠장,
볼 수 없는 주말이… 너무 길다.

마음 단속

첫눈에 빠지는 사랑?

첫눈에 가슴 뛰는 사랑?

앞으론 믿지 않아도 될 것 같아.

앞으론 웃어 넘겨도 될 것 같아.

그렇더라구.

그런 사랑도 사랑이지만

그런 사랑에 아파하지만

그런 사랑은 결국 다른 사람을 힘들게 하니까.

그렇더라구.

그런 사랑도 기쁨이지만

그런 사랑에 힘들었지만

그런 사랑은 결국 아무도 몰라주고 끝나니까.

그렇더라구.

그런 사랑도 선물이지만

그런 사랑에 눈물 나지만

그런 사랑은 결국 추억도 없이 스러지고 마니까.

첫눈에 빠지는 사랑?

첫눈에 가슴 뛰는 사랑?

앞으론 내 감정에 취하지 말 것.

앞으론 내 환상에 속지도 말 것.

텅 빈 사무실에서

휴일이라 아무도 없는 공간에 들어가기 위해
잠금장치를 해제하고 문을 열며 들어섭니다.
낯선 어둠과 공기는 빛을 원하고
나는 스위치를 통해 환한 빛을 불러 옵니다.

사람들이 오고가며 떠들던 공간,
사람들의 말소리가 들리던 공간,
사람들과 대화를 주고받던 공간,
같은 공간이지만 지금은 기억만 남았습니다.

혼자서 미처 마무리 짓지 못한 일을 하고
혼자서 아직 정리하지 못한 일을 정돈하고
혼자서 잠시 의자를 한껏 뒤로 젖히고 앉아
공간 속에서 움직이던 모습을 영화처럼 그려 봅니다.

당신의 뒷모습이 사라지던 복도의 모퉁이,

당신의 옆모습이 눈에 박히던 당신의 자리,

당신의 목소리가 들려오던 공간들, 시간들…

내가 앉은 여기에서 그 환영들은 여전히 뚜렷합니다.

누군가를 그리워하는 것은 참 힘든 일입니다.

그리움의 끝이 없어 힘든 것은 더 어려운 일입니다.

그 어려움을 견디는 것은 지금 보이는 당신 때문입니다.

내 앞에 보이는 당신을 또 사랑하게 될 수밖에 없습니다.

그렇게 외사랑을 하는 것은 언젠가 그리움을 부르게 됩니다.

그래서, 누군가를 그리워하는 것은 참 힘든 일입니다.

자꾸만 이런 순환을 반복하며 시간이 갑니다.

시간이 가면 갈수록 기억되는 공간도 늡니다.

과거의 공간에서 현재의 나는 그리움을 더합니다.

아무도 없는 공간에서 나가기 위해

잠금장치를 작동시키고 문을 잠그며 돌아섭니다.

당신이 걷던 길을 걸으면서

지금 나에게 조금은 행복이 있음을 느낍니다.

다시 이 길을 따라 당신을 볼 수 있기를 바랍니다.

모르시겠지만… 그냥 당신이 있어서 난 참 좋습니다.

그 사람이 보이는 창가에서

그 사람이 오가던 건널목과 도로를 오랜만에 내려다봅니다.

그 사람을 기다리던 오랜 전 기억이 다시 되살아납니다.

그러다 아닌 척 모르는 척하던 시간이 되새겨집니다.

그렇게 기다리던 사람인데…

그렇게 보고프던 사람인데…

이제는 아닌 척 모르는 척하던 시간이 아쉬워집니다.

그 사람을 기다리던 많은 기억이 다시 그리워집니다.

그 사람이 오가던 건널목과 도로에 그 사람이 내려다보입니다.

생각해 보면

기억나는 추억 별로 없는데

그 사람, 그렇게 보내야 했네요.

되돌아보면

새겨지는 미소 몇 개뿐인데

그 사람, 그렇게 보내야 했네요.

눈물이 되돌아 슬픔이 되며

자꾸만 나를 움츠리게 합니다.

눈물은 나이로도 감춰지지 않는 것인가 봅니다.

슬픔은 눈물로도 채워지지 않는 것인가 봅니다.

무기력

아침엔 비가 왔고,
오후엔 날이 흐렸습니다.

그 사람, 볼 수 없는 날이 더해지면서
난 자꾸 무기력해집니다.
근육에 힘이 붙으면 좋겠는데…
심장이 세게 고동치면 좋겠는데…
생각만으로도 웃음이 나면 좋겠는데…
그런 사람을 이제 더 이상 볼 수가 없습니다.

내가 좋아하려면
내가 맘에 두려하면
내가 눈길을 주려하면
그 사람은 긴 그림자 속에 떠나갑니다.

그래서 외로움만이 내 것인가 봅니다.

그래서 홀로된다는 것이 나의 몫인가 봅니다.

그래서 나는 누구도 사랑해서는 안 되나 봅니다.

오늘은 사람이 아니라 술이 그립습니다.

신데렐라

항상 미안하다는 말의 순서는 맨 나중인가 봅니다.

내가 하고 싶은 말은 다 쏟아내 놓고

내가 하고 싶은 일은 다 저질러 놓고

그러고 나서야 당신을 쳐다보게 됩니다.

그러고 난 후에야 당신 뒷모습을 바라봅니다.

나를 보여줄 준비도 없이

당신을 맘에 담았고,

지난 사랑을 떠나보낼 자신도 없이

당신을 보며 설레었죠.

당신의 힘든 사랑을 알았고,

당신의 아픈 이별을 알았고,

당신의 잦은 눈물을 알았고,

당신의 깊은 방황을 알았지만

내겐 손을 내밀 따스한 용기도 없었죠.

자정이 되면 아름다운 드레스와 유리구두가 사라지듯

시간이 지나면 당신도 아무렇지 않게 사라지겠죠.

시간이 흐르면 당신도 잊혀진 기억이 되어 있겠죠.

그래도 내겐 그 웃음이 살아있을 겁니다.

기억하는 그 모습으로 정지해 있을 겁니다.

나를 꿈꾸게 한 환상 속에서

당신의 유리 구두 한 짝은

언제나처럼

반짝이고 있습니다.

사랑을 방생하다

안녕! 내 사랑
잘 가라.

꺼내지 못하고 끌어온 인사를 지금, 이 새벽에
맑은 정신으로 고하노니
부디 잘 가라.

문득 봄 꽃비 속에서
어느 날은 여름 장맛비 속에서
또 하루는 흐린 가을 하늘 속에서
언젠가는 겨울 함박눈 속에서
네가 그리워질지도 모른다.
네가 보고파질지도 모른다.
네가 궁금해질지도 모른다.
그렇지만, 널 보내어야 한다.

아직은 네 추억의 힘이 꿈틀거리고
아직은 네 기억의 눈동자가 살아있고
아직은 네 시간의 여운이 아련하기에
고운 모습 그대로 널 보내어야 한다.

어렵게 찾은, 많은 시간이 지난 후 얻은
너에 대한 내 사랑의 마지막 모습이기에
부디 아무 미련 없이
망각의 바다로 떠나라.

안녕! 내 사랑
언제나 혼자의 시간이 많았던 외사랑
잘 가라.

당신의 문자 한통에도
나는 웃게 됩니다.

한 번의 당신 생각에도
나는 밝아집니다.

당신은 나의 봄입니다.

Love in Love

당신을 이렇게 부르렵니다

당신을 이렇게 부르렵니다

삶이 존재하는
모든 날 중의 일부분.
영혼이 뻗치는 생각의 가지 끝에
매달려 움직이는
사색의 덩어리를 풀어봅니다.

가끔
그리움과
허무함에 잠기는 시간에 건네는
작은 고백들이 담긴 모습으로
또 다른 세계의 나를 바라보면
내 손에 잡히는 낯익은 이름.

느낌을 잃어버린 세상 속에서도
언제까지나
의미가 될 사람에게.

그녀가 웃잖아

아직도 널 생각하면
여전히 널 떠올릴 때면
세상이 멈춘 듯
아무것도 할 수 없는 나.

넌 도대체
내 머릿속 어디에 숨어있다
불쑥불쑥
나타나는 거니?

웃는 연습

네가 그랬지.

커피를 마시면 심장이 마구 뛰어서 한동안 마시질 못 했다고.

그 말을 들었던 이후, 나도 그랬어.

커피를 마시며 하루를 시작하던 일상 속에서

나도 커피를 마실 수가 없었어.

내 심장도 네 것처럼 쿵쾅거렸거든.

네가 그랬지.

나와 다시 만난 후 며칠 동안

동료들이 네게 무슨 좋은 일이 있냐고 물었었다고.

싱글거리는 너의 모습에 주위 사람들이 함께 즐거워했다고.

난 아무 것도 잘해준 게 없는 것 같은데

넌 뭐가 그렇게 좋았던 것일까?

아직도 잔잔한 기억은

너를 내게 묶어 놓고 미소 짓게 하지만

이젠 네가 빠져버린 웃음이기에

웃는 표정… 연습이 필요하다.

하루라도

푸름이 녹아드는 기운을 따라
네가 내게 걸어 왔으면 좋겠다.

싱그럽게 비개인 향기 속에서
너의 목소리가 들려 왔으면 좋겠다.

물기 머금은 풀꽃의 반짝거림을
네 눈동자에서도 볼 수 있으면 좋겠다.

봄을 지나 여름이 오고
가을을 거쳐 겨울이 되어도
그렇게 시간이 지나 또 봄이 와도
언젠간 널 보게 될 날이 예정되어 있으면 좋겠다.

내 삶에서 널 볼 수 있는 날이
하루라도 정해져 있으면 좋겠다.

가을은 바람으로 온다

가을은 바람으로 온다.
무디게 움직이던 지구의 자전축이
서늘한 기운에 정신을 차린 듯 다시 힘을 얻고
지쳐가던 눈동자에 한없는 휴식을 가져다주는 하늘이 열렸다.

가을은 바람으로 온다.
사랑을 고백하던 입술이 들려주는 지난 노래 속의 기억은
늘어져 가던 기다림에 다시금 생기를 불어 넣고
이제 그리움의 끝이 얼마 남지 않았다 한다, 조금 남았다 한다.

가을은 바람으로 온다.
잊고 있었던 사람이 아니라
오래 지웠던 사람이 아니라
감추어 둔 보석 같은 소중함으로 그 사람이 온다.
가을의 바람을 타고 그 사람이 온다.

364일의 거짓말

이제 당신께
보고 싶다는 말, 하면 안 되죠?
이제 당신께
만나고 싶다는 말, 하면 안 되죠?

내가 먼저 헤어지자고 했으니까
먼저 꺼낸 그 말에 책임을 져야 하니까
나, 그러면 안 되겠죠?

누가 물으면 당신을 옛날에 잊었다 할게요.
누가 물으면 당신을 이제는 모른다 할게요.
누가 물으면 당신을 맘에서 지웠다 할게요.

그렇게 364일을 살다
하루만 당신을 거짓 없이 표현할게요.
그렇게 364일을 살고
하루만 당신을 위한 마음을 말할게요.

만우절 하루의 24시간에도

내 맘 속에 364일 동안 숨겨두었던 당신이

참 많이도 그리워집니다.

봄밤에

그런 얘길 들었어.

동화 같은 환상의 사랑 이야기.

비밀의 화원에서 만들어지는

현실과 꿈속을 오가는 연인의 밀고 당기기.

짧지만 깊은 봄밤에

동화처럼 이상한 나라의 엘리스를 만난 거지.

그런 여잘 만났어.

영화 같은 공간을 채우는 여자.

추억의 시간에서 되새겨지는

과거와 지금을 오가는 설렘의 처음과 마지막.

짧지만 귀한 만남에

사랑보다 소중한 기억의 그 사람을 새긴 거지.

그래서

봄밤에 웃음이 났어.

봄밤에 눈물이 났어.

현실과 꿈속, 과거와 지금이 바삐 오가던

그런 봄밤에

웃으며 눈물을 지웠어.

울음 없는 눈물을 웃었어.

나는 말이다…

난 말이다, 다 싫구나.
네가 추운 게 싫고,
네가 아픈 게 싫고,
네가 힘든 게 싫구나.

난 말이다, 부질없는 인연을 따랐던 게 아닌 게야.
부질없는 인연이라면 지난 추억은 무엇이란 말이냐?

넌 말이다, 다 좋구나.
네가 웃는 게 좋고,
너와 걷는 게 좋고,
네가 옆이라 좋구나.

넌 말이다, 소용없는 정분으로 맺어진 게 아닌 게야.
소용없는 정분이라면 짙은 연모는 무엇이란 말이냐?

얼마나 좋아.
얼씨구절씨구
얼마나 좋아.

웃는 연습 II

사랑을 생각한다.
세월은 붙잡지 못할 만큼 빠르고
아직 남은 많은 일들은 머릿속에서 분주한데
그런 시간 속에 짬을 내어 가끔 사랑을 생각한다.

사랑을 생각한다.
내게서 지워진 단어라고 생각했던
그래서 이젠 어색함마저 느껴지는
말라버린 고목의 껍데기 같은 사랑을 생각한다.

사랑을 생각한다.
흔적조차 발견되지 않는 추억이 지나고
잿더미 같은 맘속에 피어오르는 사랑을 생각한다.

사랑을 생각한다.
비록 외사랑으로 끝날지라도 사랑함으로
그 사람을 떠올리며 이유 없는 웃음을 연습한다.

알잖아

네게 한 약속들.
그 많은 기억들.
좋았던 추억들.
이제, 다 어디로 갔을까?

난 그대로 그 약속들을 지키려고 하는데
난 여전히 그 기억들을 잊지 않고 있는데
난 아직도 그 추억들을 간직하고 있는데

네게 다짐한 약속들은 이룰 수 없는 꿈이 되었고
너와 함께한 기억들은 돌아올 수 없는 과거가 되었고
너와의 좋았던 추억들은 새벽 별빛의 스러짐이 되었지.

그래도 가끔은 네가 있어 주었던 시간이 고맙고,
그래서 가끔은 너를 떠올리며 미소 지을 수 있어 행복하고,
그러니까 아직은 너를 생각하고 있음을 느낄 수 있어 감사해.

알잖아…

네게 한 약속들.

그 많은 기억들.

좋았던 추억들.

내 맘에서 네가 다시 가르쳐 주고 있잖아.

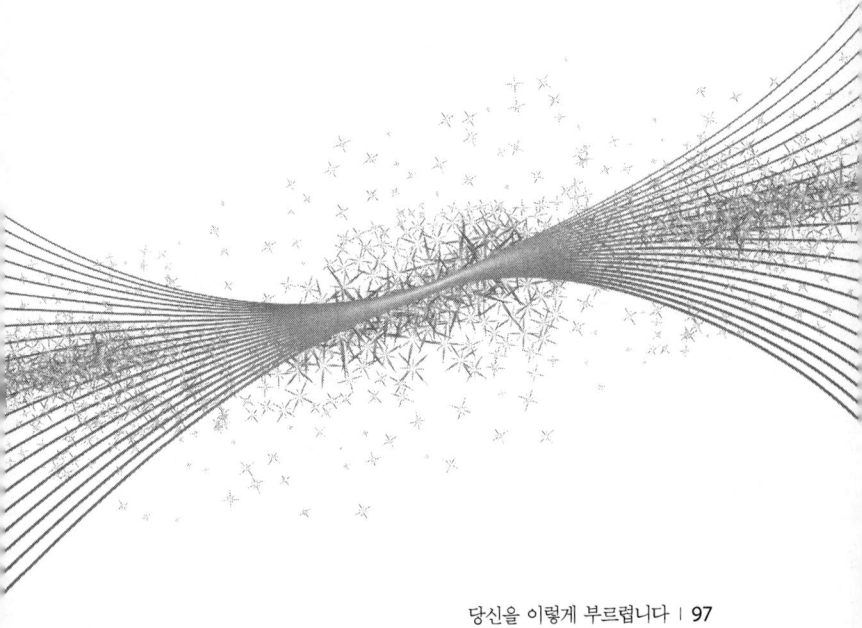

그런 날

그런 날이 있어.

지나가는 사람들이 무척 슬퍼 보이는,

그런 날이 있어.

오늘처럼…

그런 날이 있어.

누가 술 한 잔 하자고 하면 만사를 제치는,

그런 날이 있어.

오늘처럼…

그런 날이 있어.

한없이 내가 작아져서 초라하게 느껴지는,

그런 날이 있어.

오늘처럼…

그런 날이 있어.

널 가슴이 터지게 안아 보았으면 좋겠다는,

그런 날이 있어.

오늘처럼…

그런 내가 있어.

그런 내가 그런 날 속에 있어.

그런 네가 그런 날 속에 있어.

오늘처럼…

웃는 연습 III

가끔은 그래.

가끔은 그런 생각을 해.

시간을 거꾸로 되돌리고 싶다는.

아기처럼 환하게 웃을 수 없는 시간 속에서

아이처럼 천진하게 사람을 대할 수 없는 세상에서

소년처럼 이야기 속 주인공을 꿈꿀 수 없는 현실에서

가끔은 그래.

가끔은 그런 생각을 해.

그래도 네가 있어 고맙고 감사하다는.

아기처럼 단순하게 마음을 전함으로

아이처럼 웃고 있는 너를 멀리서 봄으로

소년처럼 가슴 두근거림을 느낄 수 있음으로

가끔은 그래.

가끔은 웃는 연습을 해.

언젠간 널 보며 내가 울지도 모르니까…

미련

난 그가 당신이라는 것을 알고 있었습니다.
사라지는 그림자를 끌고
추억보다 짙은 안개 속으로 숨어 버리는 여인이
당신의 모습임을 알고 있었습니다.

먼빛은 노을로 변해 가고
다시 불빛으로 켜지는 모든 이의 밤에
환한 별빛을 타고 추억에서 내려온 여인이
어제의 당신임을 알고 있었습니다.

파스텔 같은 눈빛을 채워
두 줄 눈물대신 작은 미소로
첫 만남을 기억하게 해 주실 당신.
낙엽이 지는 가지에 새순이 돋을 때까지
언제나 만남의 설렘을 안겨 주시는 당신.

촛불 향기로운 밤의 창가에서

뜨거움 삭이던 이별 뒤의 시간에 떠오르는 얼굴.

난 당신을 그리워하게 될 줄 알고 있었습니다.

거짓말

이젠 당신을 잊어야겠습니다.
항상 당신의 모습에 마음 두근거리던
기다림을
이젠 끊어야겠습니다.

방황하던 그 추운 새벽들의 기억과
쇠잔한 목소리로 부르던
선한 당신의 침묵.

맴돌다 스쳐 가 버리는
그러나 언제나 내 속에 들어있는 당신을
이젠 정말 잊어야겠습니다.

전야제

내일이 참 기다려집니다.
내일은 좋은 날일 것 같습니다.

아직 결정되지 않은 미래지만
누구를 만날지 예정되어 있다면
누구를 보게 될지 미리 알고 있다면
아직 오지 않은 시간도 설레며 기다립니다.

내일, 그 사람 때문에 심장이 마비되면 어쩌죠?
내일, 그 사람 때문에 두 눈이 멀어버리면 어쩌죠?
내일, 그 사람 때문에 입술마저 굳어버리면 어쩌죠?

내일 아침은 자명종보다 먼저 일어날 것 같습니다.
아니, 오늘 밤은 쉽게 잠이 오지 않을 것 같습니다.
아니, 그래, 아니… 지금 내가 뭘 해야 할지 모르겠습니다.

내일은 그냥 좋은 날일 것 같습니다.
내일이 마구 기다려집니다.

Shadow of Time

〔그 남자〕

미안하다는 말은 내가 해야 할 것 같은데…
분명 지금의 내 생각들이
네가 바라는 것이 아님에도
여전한 내게서 네가 느꼈을 실망감들.
네가 한 당부를 잊고 지내는 내게서
많이 실망하고 답답했겠지.
나도 어쩔 수 없는 내 생각들이
널 괴롭히는 것이 너무 미안해.

네가 맘 아프면 안 되는데…
네가 속상하면 안 되는데…
그래서 미안해.

〔그 여자〕

내 행복에 방해되는 사람이라고?
무슨…

사실 누군가에게 사랑받는 건
神이 주신 축복이지.
그래서 많이 행복했어. 지금도.
받은 만큼 줄 수 없는
내 현실 때문에 안타까웠지.
그러니 너무 가슴 아파하지 마.
내 마음이 아프니까.

똑똑

자정이 넘은 시간…

핸드폰을 두드리는 문자가 있습니다.

문자로 내 핸드폰을 노크할 줄 아는 사람… 그 사람입니다.

한해를 마치며 회식 중이라고

어떻게 지내냐며 안부를 물어옵니다.

약간 술기운이 도는 듯한 목소리가 들려옵니다.

이런 얘기가 오고, 저런 얘기가 가고

와자지껄한 주변소리도 들립니다.

얘기를 마칠 즈음…

보고 싶다는 말을 잠시 들었고,

곧 새해의 인사를 나누고, 통화를 마쳤습니다.

많은 얘기들 중에서 보고 싶다던 그 말이

가슴에서 크게 울려옵니다.

내 그리움이 언제나 그 사람보다 크기에
그 한마디에도 그 사람이 방안에 가득합니다.

추운 새벽을 지나 시린 아침을 맞이하면서도
한 마디의 여운은 나를 깨어있게 합니다.
그 사람의 추억은 나를 멈춰있게 합니다.

그래서
아직도 그 사람에겐
사랑한다는 말도 설렘이 되나 봅니다.

문 틈 사이로

기웃거리지 좀 마.
그냥 앞에 나서서 당당하게 말을 해.

최선을 다 했다고.
정성을 다한 시간이었다고.
열심히 다가간 과거였었다고.

갸웃거리지 좀 마.
제발 앞에 나와서 솔직하게 얘길 해.

사랑을 했었다고.
마음을 뺏긴 추억이었다고.
너무도 소중한 사람이었다고.

그래서… 앞으로도 계속 바라볼 수밖에 없다고.

건너편 건널목에서

널 보면 내가 운이 좋은 사람이라는 생각이 들어.
내게 행운이 없었다면 어떻게 널 만났겠어?
내게 행운이 없었다면 널 어떻게 알았겠어?

여전히 이름만으로도 가슴이 뛰는데
아직도 지난 추억만으로도 숨이 차는데
널 보면 내가 어떻게 행복을 감출 수 있겠어?

들리니?
처음처럼 수줍은 내 발자국 소리가.
네가 있는 그곳, 그 한 곳만 향하는.

숨기기

만약에 너를 만나지 못했더라도 내가 사랑을 했을까?
만약에 너를 만나지 못했더라면 맘이 아프지 않았을까?

궁금해.
만약에 너 아닌 다른 사람이었어도 이만큼 행복했을지.

신기해.
네가 만드는 대로… 아님, 바라는 대로 내가 움직인다는 게.

미안해.
다른 말하느라 아니, 실은 부끄러워서 이 말을 자꾸 빼먹어.

그러네.

혼자 말 하려해도 괜히 쑥스러워지는 그런 말이네.

사랑했었고

사랑하고 있고

사랑할 거라는 말.

그는

그는 강하다.
그의 구릿빛 팔뚝에서는 바위를 드는 힘이 나오고
나를 부축하듯 업고서 험한 돌산을 뛰어도
결코 지치지 않는다.

그는 가슴이 넓다.
넓은 그의 가슴엔 나의 잘못이
물고기처럼 일렁거리어도
결코 파도를 일으키지 않는다.

그는 영원하다.
한 번의 끊어짐으로
모든 것을 허무로 돌려 버리는
이별을 원치 않는다.

그는 과묵하다.
나의 앞에서 그저 미소만 지으며
딴청을 부리고 모른 체한다.

그는 마술사다.

말 한 마디로 마음을 바뀌게 하고

나의 눈을 손길 한번으로 놀라게 한다.

그는 꽃의 향기를 지닌다.

어쩔 수 없는 우울도

한숨의 시간도

메마름의 고독도

봄으로 치장케 한다.

그렇다.

그는 내게 들어와

비로소 비밀이 된다.

그는… 그녀.

동그라미

도시 네온사인의 어지러움보다
달빛 하나가 싱그러운 그런 밤,
그리움에 들어오는 당신입니다.

세상이 발 닿지 않을 만큼 넓어도
당신과 마주할 수 있었습니다.

이제 거두는 구름으로 먼 하늘을 만들고
다시 쌓이는 재회의 모습들로
가슴은 이 벅찬 가슴은
물결을 사모하듯
당신과 내가 흐릅니다.

걸음소리만으로도 가슴 뛰게 만들던 사람
당신의 하늘 아래
나의 동그라미가 있습니다.

사랑을 위한 이유

지나간 시간이 모여 만든
나를 깨워줄 노래가
두 손 안에 떨어지고
빛의 향기가 가까이 스미면
가난한 품속은
조그맣게 설레입니다.

아무도 가르쳐 주지 않는
사랑함의 이유를
기도처럼 묻고 있는
거울 속의 자화상.

이 생명의 서러운 넋을
자꾸만 들뜨게 하는
침묵 같은 기다림은
당신 앞에서만 떨려옵니다.

명동 연인

갑자기 물어 옵니다.
"뭐, 갖고 싶은 것 없어?"
난, 무어라고 말하지 못합니다.

당신이 물어 봅니다.
"뭐, 가지고 싶은 것 없냐고."
난, 한 가지도 말하지 못합니다.

사람들이 붐비는 밝은 거리를 지나며
사람들에 둘러싸인 채 천천히 걸으며
난, 아무것도 말하지 못합니다.

내게 질문을 하는 당신의 왼손과
당신을 바라보는 나의 오른팔이
이렇게 가까이 함께 있기에
잔잔한 여운이 오래 남기에

당신을 쳐다 볼 수 있는 시간 속에서
당신을 느낄 수 있는 이 공간 안에서
나는 또 하나의 추억을 새깁니다.

당신과 스파게티를 먹고, 지난 얘기를 듣고,
당신과 영화를 보고, 가을 단풍을 감상하고,
당신과 함께했던 소소하고 작은 일상들마저
당신과의 행복으로 미소 짓게 만듭니다.

당신으로 인해 욕심이 꽉 차 버린 내게
당신으로 인해 욕심쟁이가 된 내게
당신은 수만 개의 선물이 됩니다.

당신과의 찰나 하나도 영원인 내게
당신과의 속삭임마저 울림인 내게
당신은 달콤한 비밀이 됩니다.

당신이 던졌던 질문.
내가 갖고 싶던 것, 가지고 싶던 것.
난, 이미 전부 가진 부자입니다.

망각

네 머릿결에 스치는 작은 바람결의 일렁임과

네 이마에 비치는 하얀 햇살과

네 눈동자에 맺히는 하늘과

네 볼에 돋아나는 계절과

네 코에 안겨드는 꽃내음과

네 입술에 솟아나는 물빛 웃음과

시간의 빗질로 씻겨 가는 낯익은 너의 거리.

이 모두를 찾고 싶은

너에 대한 나의 자화상.

사랑할 사람이 있다는 것은

사랑하는 사람이 있다는 것은
사랑했던 사람이 있다는 것과 다릅니다.
사랑하는 사람은 나를 두근대며 숨 쉬게 만드는 사람이지만,
사랑했던 사람은 내가 추억으로 정지시켜 놓은 사람입니다.

사랑하는 사람이 있다는 것은
가벼운 아침이 열린다는 것이고,
피곤한 저녁에도 어깨가 가벼운 것입니다.

사랑하는 사람이 있다는 것은
평범한 일상이 특별해지는 것이고,
지나는 시간이 의미로 채워지는 것입니다.

사랑하는 사람이 있다는 것은
낯선 사람들 속에서 외롭지 않다는 것이고,
폐허 속에서도 일어설 힘을 얻게 되는 것입니다.

사랑하는 사람이 있다는 것은

숨겨진 세상의 아름다움을 발견하는 것이고,

스스로 날개가 솟아 하늘을 날게 되는 것입니다.

사랑하는 사람이 있다는 것은

매번 기억해야 할 새로운 얼굴이 있다는 것이고,

수많은 표정의 주인공이 오직 한사람이라는 것입니다.

사랑하는 사람이 있다는 것은

사랑하는 당신이 있다는 것과 다릅니다.

사랑하는 사람은 내가 느끼고 표현할 수 있지만,

사랑하는 당신은 내가 뭘, 어떻게 할 수 없는 사람입니다.

사랑하는 당신이 있다는 것은

당신에게 복종하려 애쓴다는 것이고,

당신을 위해 해야 할 일이 늘어난다는 것입니다.

사랑하는 당신이 있다는 것은

떠나야 할 이별보다 재회의 기대가 크다는 것이고,

당신을 잊지 않기 위해 별걸 다 기억한다는 것입니다.

사랑하는 당신이 있다는 것은
작은 목소리로 끊임없이 당신께 얘길 한다는 것이고,
해도 해도 들려줄 이야기가 한없이 생겨난다는 것입니다.

사랑하는 당신이 있다는 것은
아픈 낙인처럼 새겨진 지난 상처가 있다는 것이고,
그 흉터가 이제 근사한 문신으로 남겨진다는 것입니다.

사랑하는 당신이 있다는 것은
차가운 계절의 겨울아이를 생각한다는 것이고,
당신을 둘러싼 세상을 한껏 축복한다는 것입니다.

사랑하는 당신이 있다는 것은
내게 보석이 될 많은 순간의 처음이 당신이라는 것이고,
그 마지막도 당신에게서 만들어지게 될 것이라는 것입니다.

사랑하는 사람이 있다는 것은
사랑하는 당신이 있다는 것은
혼자서도 웃음이 나는 일입니다.

그 사람의 책

집으로 오는 차창에서
책을 한 권 집어 듭니다.
방금 서점에 들러 구입한 책 한 권입니다.
어제 그녀가 내게 추천한 책 한 권입니다.

오랜 시간이 지나도 한 번씩 꺼내보게 된다는 책,
평범해지는 자신을 일으켜 세워준다는 책,
밑줄 친 문장이 갈수록 늘어난다는 책,
잊고 지내던 지난날을 돌려준다는 책입니다.

주인공 "니나"이고 싶은 그녀가
"슈타인"이 나를 닮았다 합니다.

슈타인은 어떤 사람인 걸까요?
두 사람은 서로 사랑했을까요?
나는 그 사람이 몹시도 궁금합니다.

책의 마지막 페이지를 다 덮을 때까지
나는 또 다른 궁금증을 가질 듯합니다.
그녀도 여기 밑줄을 쳤을까? 라는.

그녀가 알려준 책 한 권이
그녀가 내게 말하는 작은 것도
그녀를 알고 싶은 호기심이 됩니다.

감히 사랑해서

봄볕을 따라서 걷다가 그 사람을 생각합니다.
장맛비를 맞으면서도 그 사람을 생각합니다.
단풍을 화폭에 그리다 그 사람을 생각합니다.
눈꽃 핀 야산에서도 그 사람을 생각합니다.

그리도 오랜 시간을 알아온 사람이지만
아직도 내겐 처음처럼 낯설고.
그리도 많은 대화를 나누던 사람이지만
여전히 내겐 시작처럼 설레고.

어디서 그 사람과의 이별이 되는지
언제가 그 사람과의 마지막인지
나는 알지 못합니다.

나는 막지 못합니다.
언제나 그 사람이 궁금한 맘을
어디든 그 사람이 스며있는 세상을

그리도 자꾸 자기를 잊으라고 하지만
아직도 나는 방법을 모르겠고.
그리도 자주 다른 행복을 찾으라지만
여전히 나는 어쩔 줄 모르겠고.

봄볕에 풋잠이 들었다가 그 사람을 만납니다.
장맛비에 우산을 접으며 그 사람을 만납니다.
단풍 잎새 하나하나마다 그 사람을 만납니다.
하얀 눈꽃 핀 하늘에서 그 사람을 만납니다.

감히 그 사람을 사랑해서
사랑에 멀어지지 못합니다.
감히 그 사람을 사랑해서
정녕 난 그렇게 하지는 못합니다.

눈비는… 비

비 같은 눈이다.
눈꽃 같은 비다.

침묵하던 하늘이 수다쟁이가 된 듯
세상 구석구석에 쉼 없이 속삭이고
눈으로 쌓이든 비로 흩날리든
결국 가장 낮은 곳을 적신다.

사랑을 닮은 눈비이다.
눈비를 닮은 사랑이다.

평범하던 심장이 수백 개가 된 듯
당신 하나 때문에 끝없이 고동치고
추억에 새기든 눈물로 지우든
결국 가장 깊은 곳에 남는다.

눈비는… 비.

맞아도 나는 아프지 않다.

사랑은… 비.

당신은 내게 아프지 않다.

하트 문신

참 많이도 햇살이 따가운 날이었습니다.
참 많이도 사람들이 붐비던 날이었습니다.

당신은 예전 모습 그대로 나를 만났고,
난 반가운 맘에 자꾸만 당신을 쳐다보았었죠.

사람을 사랑하는 일은
흑백사진을 간직하는 일입니다.
순간의 느낌이 두고두고 남아있는
찰나의 향기도 오랜 시간 지속되는
그런 기억이
빛바랜 추억으로 간직되는 일입니다.

사람을 사랑하는 일은
좋은 연극을 관람하는 일입니다.

배우의 눈빛이 별을 닮아있는

낯설지 않지만 뭔가 다른 듯한

그런 몸짓이

어설픈 고백처럼 가슴 뛰는 일입니다.

사람을 사랑하는 일은

해 저문 길을 혼자 돌아오는 일입니다.

익숙한 이별에 눈물이 스며들고

노을 속 자화상으로 다가오는

그런 당신이

긴 기다림이 될 약속으로 자리합니다.

당신은 내게… 사랑이 어울리게 합니다.

당신은 내게… 하루보다 길게 새겨집니다.

바보

당신을 잃을 지도 모른다는 생각을
당신을 잊을 지도 모른다는 생각을
한 번도 하지 않은 것은 내 잘못입니다.

당신을 사랑하는 것보다 누군가가 더 설레고
당신을 기다리는 것보다 누군가가 더 그립고
그렇게 당신을 지워 가는 것이
당신이 내게 바라고 있는 사랑입니까?

당신을 사랑하지 않는 척 누군가를 더 껴안고
당신을 기다리지 않는 척 누군가를 더 아끼고
그렇게 당신을 비켜 가는 것이
당신께 내가 줄 수 있는 사랑입니까?

당신이 떠나갈 지도 모른다는 생각은
당신이 사라질 지도 모른다는 생각은
죽어도 하지 않는 것이 내 사랑입니다.

당신이 날 아프게 하여도
당신이 날 슬프게 하여도

가려진 만큼 보이지 않는 것이 아니라
숨겨진 만큼 더 많은 의미가 되어 가는 것,
당신입니다.
당신, 맞습니다.